ACERTO DE CONTAS

Acerto de Contas

Copyright © 2023 Faria e Silva.

Faria e Silva é uma empresa do Grupo Editorial Alta Books (STARLIN ALTA EDITORA E CONSULTORIA LTDA).

Copyright © 2023 by Vinícius Ferreira.

ISBN: 978-65-81275-85-3

Impresso no Brasil — 1ª Edição, 2023 — Edição revisada conforme o Acordo Ortográfico da Língua Portuguesa de 2009.

Dados Internacionais de Catalogação na Publicação (CIP) de acordo com ISBD

F383a   Ferreira, Vinícius

           Acerto de Contas / Vinícius Ferreira. - Rio de Janeiro : Alta Books, 2023.
           96 p. ; 13,7cm x 21cm.

           ISBN: 978-65-81275-85-3

           1. Literatura brasileira. 2. Romance. I. Título.

2023-1834   CDD 869.89923
                                             CDU 821.134.3(81)-31

Elaborado por Vagner Rodolfo da Silva - CRB-8/9410

Índice para catálogo sistemático:
1. Literatura brasileira : Romance 869.89923
2. Literatura brasileira : Romance 821.134.3(81)-31

Todos os direitos estão reservados e protegidos por Lei. Nenhuma parte deste livro, sem autorização prévia por escrito da editora, poderá ser reproduzida ou transmitida.

A violação dos Direitos Autorais é crime estabelecido na Lei nº 9.610/98 e com punição de acordo com o artigo 184 do Código Penal.

O conteúdo desta obra fora formulado exclusivamente pelo(s) autor(es).

Marcas Registradas: Todos os termos mencionados e reconhecidos como Marca Registrada e/ou Comercial são de responsabilidade de seus proprietários. A editora informa não estar associada a nenhum produto e/ou fornecedor apresentado no livro.

Material de apoio e erratas: Se parte integrante da obra e/ou por real necessidade, no site da editora o leitor encontrará os materiais de apoio (download), errata e/ou quaisquer outros conteúdos aplicáveis à obra. Acesse o site www.altabooks.com.br e procure pelo título do livro desejado para ter acesso ao conteúdo.

Suporte Técnico: A obra é comercializada na forma em que está, sem direito a suporte técnico ou orientação pessoal/exclusiva ao leitor.

A editora não se responsabiliza pela manutenção, atualização e idioma dos sites, programas, materiais complementares ou similares referidos pelos autores nesta obra.

Faria e Silva é uma Editora do Grupo Editorial Alta Books

Produção Editorial: Grupo Editorial Alta Books
Diretor Editorial: Anderson Vieira
Editor da Obra: Rodrigo Faria e Silva
Vendas Governamentais: Cristiane Mutüs
Gerência Comercial: Claudio Lima
Gerência Marketing: Andréa Guatiello

Assistente Editorial: Milena Soares
Revisão: Ana Clara Mattoso; Isabella Veras
Diagramação: Alice Sampaio
Capa e Projeto Gráfico: Marcelli Ferreira

Rua Viúva Cláudio, 291 — Bairro Industrial do Jacaré
CEP: 20.970-031 — Rio de Janeiro (RJ)
Tels.: (21) 3278-8069 / 3278-8419
www.altabooks.com.br — altabooks@altabooks.com.br
Ouvidoria: ouvidoria@altabooks.com.br

Editora
afiliada à:

VINÍCIUS FERREIRA

ACERTO DE CONTAS

FARIAESILVA

Rio de Janeiro, 2023

A violência é tão fascinante
E nossas vidas são tão normais

(Marcelo Bonfá/ Dado Villa-Lobos/
Renato Russo – "Baader Meinhof Blues")

Já se começa a esquecer, bom é que se esqueça, porque estas histórias são apenas um ornamento rebarbativamente cumulativo e fictício da carnificina quotidiana.

(Herberto Helder – Textos publicados na revista *Telhados de Vidro*)

Para Denise, sempre.

SUMÁRIO

O MINEIRO   11

O INFERNO   19

ACERTO
DE CONTAS   27

DEZENA   37

A PONTA
SOLTA   47

A HISTÓRIA
DA ESPINGARDA   57

A VIAGEM   69

CAPITÃO PRETO   85

O MINEIRO

Todo ermo de terra chamávamos de cafundó. Esconderijo de alma torta, dizia nosso vizinho, o velho Tomé. Só não garantia o raciocínio. Duvidava se o silêncio embrutece ou apazigua. Para uns, purgatório do passado. Tem aqueles, pausava a mastigação do fumo, nos quais o ermo entranha. Fica então o sujeito árido de não prestar para cria. Vista Alegre não é lugar para família, arrematava com uma golada no conhaque.

O Tomé cismava com uns ensinamentos. Rodeava os meninos em volta dele e, numa cera preguiçosa de depois do almoço, desatava seus achados. Foi ele quem me contou a comprida história do Mineiro.

Não era gente aquilo, começava. Primeiro, falando bem alto. Depois, reduzia o volume e a marcha. Ficava cioso de reconstruir a mixórdia, alinhavando os fios dos pensamentos. Unia e aproximava, deixava a comparação ao natural, sem pressa de vir colar coisa n'outra. Só não perdia o rumo. Queria atinar os efeitos dos cafundós, desvendar se o peão já nasce ou se faz na lida. Encasquetava de perguntar a si mesmo, enquanto nós, quietinhos, emprestávamos a ele toda nossa admiração.

O Mineiro funcionava como os pilares de um alicerce. As paredes todas que o Tomé construía partiam daquela história dele. A cumeeira assentada nos esteios. A vida feita de minúcias. E a elas o Tomé dedicava o zelo de pai protetor. Mesmo com a respiração resfolegando, nada escapava das suas pausas.

No entanto, se fôssemos reproduzir as histórias que o Tomé contava, seria preciso cortar mais da metade. Ficava melhor o enxuto. Mas a coisa em si, essa perdia a graça. Melhor sempre era ouvi-lo, quando se espichava de comprido ao pé da figueira e desabava de lembrar as coisas dos cafundós de Vista Alegre.

O Mineiro, ele falava, topara com o diabo antes da hora. Não durara o tanto merecido da sua ruindade. O Tomé não perdoava. Porque aqui se deve pagar o que só aqui se pode fazer. Para compensar seu mal de todo, carecia de levar umas três existências alongadas.

A fim de não tomar muito tempo, dou uma mostra breve, de passagem pelo dito cujo, o Mineiro, ou melhor, Dinaste. Um nome assim, no registro, fez da família inimiga do escrivão. O homem não aceitava botar a descompostura no papel. Mandaram chamar o titular, as moças do cartório, um juiz de paz, e ficou assim mesmo, Dinaste de Góis Aparecido. Até que, em idade de serviço militar, foi para São Paulo. Voltou Mineiro.

Vista Alegre não é lugar para sujeito de conversa solta. Ensimesmado e sólido, soubemos dos tempos paulistas do Mineiro pela boca de Tomé, dando horrorizadas notícias do soldado e do polícia que ele fora por lá. O arrazoado entre uma praça e outra, contendo as miudezas todas enfileiradas. Nós ouvíamos aquilo tudo sem entender direito como os tempos autorizavam as barbaridades que o Mineiro levava adiante.

Foi só o homem botar um revólver na cintura para virar o cão. O Tomé falava que um cabo deu um empuxo, ajudou o Mineiro, ensinando a extrair, a fazer contar tudo que tinham na cabeça uns meninos de apartamento. Eram fracos, o homem avisava ao Mineiro. Era só apertar o órgão de acordo. E ele, criado em cafundós, foi assimilando o jeito do outro. Passou a andar, a falar e agir como mandava o cabo. E para a ação nem foi a custo. A pancada não entrou de estranha. Sabia como pegar de jeito um baço, um fígado, um pau de nariz. O sangue nas camisas limpas escorrendo das barbas ralas. Os roliços emadeirados dando sessões doídas nas solas de pés delicados. De ponta cabeça, o sangue correndo ao contrário, mesmo os sujeitos mais duros miavam, tal fossem gatas no cio. E imploravam à morte para libertá-los das mãos do Mineiro.

Mas o Tomé queria saber era se o homem já devia ser talhado em pedra. No que prestava para apreciar, era ruindade em cima de ruindade. Quando soldado, o Mineiro aplicava chave em pescoço e imobilizava, feria com bala de borracha e cassetete, dispersava com escudo e bota pesada. Como polícia, a pancada corria à moda velha. Depois, protegido por um delegado, aprendeu a pôr um monte de ferro fincado debaixo de unha encravada, a dar choque na cabeça e telefone no ouvido, a afogar em barrica de água, a enfiar cacetete, a bater com toalha molhada. Mandavam, e ele executava, com gosto. Quando ninguém mais, por pretexto de horror, aceitava avançar na ruindade, ele dizia: "Deixa com o Mineiro". E o cabra que estivesse na mão cantava sonoro, sangrando à palidez absoluta. "Deixa para o Mineiro", e era só cicatriz. "Deixa o Mineiro", e era certeza. Quem tinha o que cantar, cantava. Se não tivesse, buscasse. Parece que tomou gosto por aquilo, e o gosto fez costume nele, dizia o Tomé. Apreciou a tal ponto de não voltar mais para a distância segura, dessa que deixa dormir à noite o sono solto. Vendeu a alma. Aquela, que todo mundo deve ter, mesmo ele, guardada em lugar difícil.

As valas começaram a receber somente uns farrapos inúteis. As famílias, uns bagaços imprestáveis. O Mineiro debulhava gente e moía. Autorizavam, sem garantia de assinatura, e ele acionava, julgava, condenava e executava, desprezando remissão de pecado.

Mas, o Tomé falava, mesmo o sol e a lua têm sua hora de escurecer, de deixar passar as nuvens. E aqueles tempos de São Paulo cessaram. As fardas recolhidas. Não podendo fincar raiz em terreno de concreto, o Mineiro voltou para os cafundós de Vista Alegre. Ajeitou longe da vista umas terras a meia, pôs arames em volta, pendurou o revólver e passou a assinar de novo o antigo Dinaste.

O Tomé também dizia que a memória é traiçoeira. Fica ali rodeando, se fazendo de morta. Uma hora, quando as defesas tiram cochilo, sem mais nem menos, ela vem roer a ponta da corda. Que a gente tem um cadafalso por debaixo dos pés é um fato. Um fato, o Tomé insistia.

Esquecido do mundo, de São Paulo, do passado, das fardas e dos cassetetes enfiados, das mangueiras que despejavam água nos intestinos, nos rins inchados de pancadas, o Dinaste bebia cerveja num balcão. O Tomé não sabia dizer se era um, dois ou mais. Alguém chamou. Ele próprio nem se lembrava. E achou mesmo que ninguém recordava o sujeito ruim:

— Mineiro!

Ouviu o passado e se virou, voltando para ele.

Seis tiros. Nenhum não acertou o Mineiro, o Tomé falou.

O INFERNO

No rádio do *Café Mulambo*, entre chiados de ondas AM, uma voz suplicante anunciou o ângelus. Adílson pagou a conta, fez o sinal da cruz e desceu pela Rua do Comércio.

As luzes começavam a se acender sobre as calçadas. Como enxames, as folhas de aço espantavam os últimos clientes. Duas moças arranjavam uma vitrine. Um homem acinzentado, empunhando o cassetete, assoviava a ronda noturna. Por baixo da camisa, Adílson ajeitou o revólver.

Tapetes de folhas cobriam os bueiros. Nuvens de fuligem escapavam poeirentas. A massa fustigava paredes e telhados, que devolviam para a rua os excedentes do calor acumulado ao longo da tarde.

Numa janela de pensão, o aparelho de barbear investia contra uma cara desolada. Da construção ao lado, com arabescos descascados, um jovem precipitava seu tronco nu. Exibia-se para a portinhola, onde uma senhora tentava alcançar as teias de aranha da marquise. O reboco se desprendendo areento, ameaçando desabar enquanto o congestionamento de varizes oscilava sobre a cadeira. De paletó corcunda, empunhando um exemplar da Bíblia, um varapau espantava pombos na entrada de um cubículo. Seis cadeiras de plástico, um púlpito de madeira caruchada e uma caixa amplificada, emitindo sons arranhados, compunham a decoração que ele parecia querer proteger.

Adílson foi desviando dos ajuntados de cachorros e quase tropeçou no par de pés que sobrava num buraco de manta. Recém desvinculado de um beco, os dois membros descobertos se esticavam para cima do canteiro, disputando espaço com a flores murchas. Os sacos de lixo não suportavam o volume de embalagens vazias, papel, garrafas, vidro quebrado e restos de comida que a matilha revirara. Das lixeiras, os líquidos viscosos escorriam para as pedras portuguesas na parte baixa da rua, onde, em breve, o Edifício Central mergulharia no silêncio.

No fim do turno das duas, Adílson deixara a tecelagem da Companhia Irmãos Telles de Tecidos. Perambulou pelo entorno da praça Rui Barbosa, deu voltas no Largo da Estação, na Chácara Dona Catarina. Andou pela Avenida Astolfo Dutra, pela Praça de Santa Rita, voltando pela rua Coronel Vieira.

Às quatro da tarde, tomou uma das mesas e pediu uma média à moda da casa no *Café Mulambo*, na esquina da Rua do Comércio. Dali, poderia vigiar o Edifício Central, que logo estaria vazio, não fosse a disputa por uma caixa de papelão, arrastada rua abaixo pelos cachorros.

Os menores latiam ressabiados, aguardando pelo desfecho do lado de fora. A diferença de tamanho regulamentava a prudência da distância. Adílson ficou observando a tenacidade dos dentes ferozes. Debatiam-se com tanta gana que nem pareciam considerar o objeto da cobiça: "Meu Deus! É só uma caixa!" — Pensou, antes que ela estourasse, e os nacos de uma carne pálido-amarelada se esparramassem na entrada do edifício.

Adílson frequentava pouco aquela parte do centro da cidade. Não se sentia à vontade entre prédios. Se o sangue não desse tantas voltas, talvez ele nem reparasse na matilha enfurecida. Não gostava de elevador e nem das escadas que o levariam ao quinto andar. Não imaginava como seriam as construções acima dos três andares e jamais pudera ver a cidade de tão alto.

A grande varanda, coberta por um toldo queimado de sol, estendida pelo largo corredor. As ruas em volta sob o verde dos galhos cerrados. Todos os caminhos de paralelepípedos levando ao rio. As águas barrentas dividindo a cidade ao meio. Pontos de ônibus lotados de um lado. Do outro, terrenos desafiando a vista, as linhas retas em aço, concreto e vidro.

Adílson e Rosângela cresceram do mesmo lado e bastaram-se. Impelidos um ao outro. No espaço restrito, não houve como questionar ou resistir às simplificações da proximidade. Os dois, assim tão possíveis? Seria somente a geografia? Quem pode duvidar do que está ao alcance da mão? Não é também destino? Que outros nomes teriam as conspirações do acaso?

Rosângela cismou que o marido se conformara demais. Operário da Companhia Irmãos Telles de Tecidos. Ele não teria outras ambições? E Adílson considerou, sem qualquer clareza, que os vínculos daquele apreço estavam alinhavados com outros motivos. Passou em revista o arrolar de coincidências e começou a ruminar um veneno corrosivo. Suspeitou dos cuidados a mais nas roupas. Juntou isso com o desleixo para os horários. Notou o encurtar dos vestidos, ajustando nas formas do corpo.

Depois, foi anotando os pretextos dos trabalhos extras e viu surgirem na pele tratada, no cabelo, nos decotes, nas sobrancelhas, nos sorrisos e nos batons as recusas para os toques. Ela precisava mesmo estar tão impecável assim, a ponto de evitar o mínimo desalinho? Também desconhecia a razão das depilações, convertendo a conhecida montanha de primavera numa inesperada penugem rala, de filetes sutis. Por reiteração, aquele capricho recebia os cremes, que surgiam enfileirados no box do banheiro. Os rituais, antes brevíssimos, agora demoravam e se encerravam numas dores de cabeça, que não impediam o sono profundo.

Adílson selou a caixa das cismas e pôs dentro todos os fios soltos. Pensou em dar a eles um tratamento conjunto, admitindo a existência das conspirações do acaso. Afinal, que outro nome oferecer ao inventário da sogra? Um espólio que valia bem mais do que o necessário para saltar de um dos lados do rio para o outro. Depositou todas as suas esperanças no advogado Dr. Pompeu Licínio de Borba Clemente Neto. A linhagem na placa de bronze oxidado pertencera ao avô e ao pai. Os tempos a levaram para o quinto andar do Edifício Central.

O operário tivera o requinte de espreitar o operador das leis. Soube dos horários todos, das assíduas aparições no Fórum, das idas frequentes aos cartórios, do movimento ativo do escritório, da clientela distinta e até dos deslocamentos a uma pequena propriedade de fim de semana, nos arredores da cidade.

Adílson esperou que o homem desse a volta e destrancasse a porta de madeira maciça. Uma silhueta de testa alta e grisalha nas têmporas. Dois giros no trinco, e o par de sapatos de couro pisou o tapete. Pôde medi-lo no terno cortado rente ao caimento dos ombros. A gravata cintilante, o perfume anunciando o rosto escanhoado. Não tivesse a funda cicatriz na altura do supercílio, o poder de macular o desenho, o operário estaria diante de um homem que não faz má figura em nenhum lugar.

— Adílson, não é? A Rosângela falou que você vinha.

— Ela avisou ao senhor?

— Sim.

— Falou de mim?

— Falou.

— Então?

— Sinto muito.

— Depois de morta é que a velha não ia passar a gostar de mim.

— Lamento.

— A Rosângela vai ser feliz, doutor?

O mais magro dos cachorros levaria o seu dorso ossudo e arriado para perto das sobras do *Café Mulambo*. Aos menores, restaria lamber os esguichos do sangue pastoso. Somente os cachorros grandes puderam destroçar a carne ainda quente do operário.

ACERTO DE CONTAS

Adão Gordinho andava com a faca na bainha, efetiva acompanhante dos punhos cerrados e dos dentes contraídos numa perpétua beligerância.

Deu com o Silivério na porta da Mercearia do Monteiro.

— Vai sangrar, porco!

— Vem então.

Esses mesmos dois homens, tempos antes, fechavam contas juntos, depois de acertarem os débitos com um tal Justino, comerciante de sementes de mudas de quem arrancaram o coração pelas costas. O fio do aço teve a sua ocasião de romper osso de gente, expelindo vísceras no atacado, num estrago para mais de metro e meio. Com a noite descendo dos morros, botaram o corpo na carroça, encobriram com espigas de milho e foram desovar no lixão do Pombal.

Desentenderam-se quando o Gordinho, depois de examinar direito, passou a reivindicar somente para si as virtudes do rasgo. Reconheceu no corpo do morto o que seria sua habilidade incomum. Destrinchar um sujeito até a morte, sem nenhum traço de hesitação no alargamento da linha de sangue comprida, indo desde a fundura da omoplata até o murundu da bunda. Admitiu ser bom, de maneiras ruins. O Silivério, reclamando as proclamas da encomenda, insistiu em figurar de cabeça pensante no acerto de contas.

Não deram termo de acordo e, no frigir da contagem, a cerveja esquentou na mesa. O Adão, que jamais emendara grade de cela, acendeu numa pedra a brasa do fumo e esperou pelo argumento contrário. Como o outro não tinha intenção de desfiar rosários, deliberou manter, sem negociar, sua demanda de ser o autor oculto, a quem a simples assinatura do talho devia bastar. O desenho do corte revelaria o seu nome e sobrenome inscritos no imprestável estado do cadáver. O outro, se assim lhe conviesse, poderia sair por aí dizendo ladainhas, como se muito ouvisse dizer do feito todo e coisa e tal.

Adão Gordinho nascera sem pai sabido, o que não era raro no lugar. A mãe fora em incerta idade uma galega esguia, lisa e mansa, viciada em pousar ligeira em troca de paga, sem qualquer compromisso de esquentar lençol. Para criar e fazer do menino, surgido ao acaso, sujeito de honra, deu por entregá-lo à estima da gente Pereira. Mal saído dos cueiros, o moleque retribuía o quarto de fundos dando recado, faxinando, candiando e ordenhando a vacada toda que os Pereira criavam a meia com uns graúdos, aparecidos só quando era hora de levar embora para os devidos fins. Serviu de braço na apanha da lenha, de sentinela contra gambá e cachorro do mato, e só não manejou machado porque não deu altura para evitar o alcance traiçoeiro do corte afiado. Quando as pernas, enfim, puderam oferecer garantia de distâncias, já era tempo de amansar os cavalos e os burros chucros para as carroças. Antes de ir se deitar, olhando as revistas estocadas em segredo debaixo da palha do colchão, ainda estalava o fumo. Só então peçonhava nas indecências noturnas.

O Silivério, tipo afilado de traços e um pouco mais alto que a média do arraial, vinha embalado por umas nuvens de mistério. Oriundo do distante rancho Trindade, porção de terras frias imprensadas entre as grotas desoladas da Safira, escorregou de função pesada, fazendo conta de cabeça e anotando tudo num caderno ensebado. Ladino, calculava o que ia, pesava o que entrava e, infalível ao cabo da lida, aferia sobras generosas. Mesmo sem descuidar do alcance da vista o olho enfatuado do rapaz para as moças da casa, os Trindade punham nele um orgulho pacato, enxergando no afinco confiado com os números, vocação genuína, dessas de poder exibir aos alheios.

O rancho, tal como os demais, até dava algum milho. Mas seriam o arroz e a cana que os Trindade apreciavam mais. Possuíam máquina e um engenho pequeno, comprado ainda no tempo em que foram abrindo os caminhos entre a neblina dos morros. Beneficiavam, moíam e destilavam. No entanto, porque eram considerados gente demasiado seca, quando se permitiam dar um bom dia, só podia ser sinal de muita chuva. O Silivério foi pegando gosto por aquele feitio deles, deixando-se contaminar pelo temperamento sistemático e ensimesmado da gente Trindade.

Ele e o Gordinho bebiam aos sábados, de tarde. Um, numa mesa do canto, perto da janela, de onde contemplava o comprido empoeirado da rua. O outro, no balcão, inclinando vênia a cada passagem de moça solteira ou viúva de posses. A Mercearia do Monteiro enche de gente do arraial e das roças adjacentes nos dias de folga. De vez em quando, surgem por ali uns forasteiros ruidosos, perseguindo cachoeira limpa ou pesca de carpa patola.

Os dois tomaram ciência do progresso das mudas, da dispensa de ser exigida propriedade larga para começar a ver ganho na coisa toda. Ouviram o mesmo sujeito de fora, um tipo aromado, cabeleira rebelde, óculos de aro grosso, mão fina, falando da importância do negócio para o futuro da região. Coisa de lucro certo. Não tem erro. Nunca mais seriam empregados. Já pensou? Terra boa. Água que chega. Adubo de sobra. Olharam-se, maquinando, com tamanha insistência, cada qual calculando seu próprio quinhão. Já pensou?

Só lembraram de fazer as contas quando foram ter com o tal Justino, de quem se comprava as sementes no varejo. O mirrado capital de um e as escassas economias do outro, de monta em separado, não dava nem mesmo para florar uns canteiros modestos. Juntando o dos dois, se tanto, mais um pouco, com um pouco mais, poderiam cobrir uns alqueires arrendados. Fazer estufas com estaca de vinhático? Era ver. Era ver.

Mas o homem empacou com a proposta e não quis saber de estender prazo a fiar. O tal Justino só fazia negócio à vista, pago integral e em espécie, no ato mesmo da compra. E, por mais que pudesse, não ofereceria qualquer garantia. Da natureza, só ela sabe. Afinal, mesmo calculando, ninguém pode domar a vontade de chuva ou de estiagem. É pegar ou largar para quem tiver mais disposição.

Deliberaram fazer cotação aos Pereira e aos Trindade, à contragosto dos quatro. Da carroça de semente, os carunchos fizeram oco no grosso completo. Deitaram o cabelo a perder de vista na produção, devorando o lucro inteiro do plantio.

Para aplainar os prejuízos, o Gordinho, calçando um recurso do afeto, recorreu à gente Vilela. No passado, fora o anjo restaurador do filho mais novo deles, que se afogava nos doze palmos de profundidade do ribeirão dos Parrudos. O Silivério, para não parecer sujeito indigno, pediu emprestado ao Antenor agiota, com compromisso, subscrevendo letra promissória.

Foi então que começou a correr largo um boato ferino. O tal comerciante de sementes de mudas estava prestes a escapulir, pois andava vendendo carga trepada aos mais incautos. Umas misturas, feitas por ele mesmo, do grão genuíno com porcaria inventada em laboratório de fundo do quintal.

O Gordinho e o Silivério desataram a se acusar de mútuo aliciamento. Refregaram, decidindo quem convencera quem a negociar com o tal Justino. Não podendo avistar conserto de reaver o todo investido, resolveram por dar fim no fajuto comerciante. O assassinamento, consentiram ambos, careceria de requinte. A autoria e o método, mesmo mantidos no segredo jurado por eles, haveriam de amplificar o impacto da ruindade daqueles dois homens de negócios. O coração extraído pelas costas, num talho comprido, evitaria ousadias de pernadas futuras. Afinal, o Adão e o Silivério tomaram tendência do ramo e restavam afinados com se estabelecer autônomos. Como conheciam pouco de semente, planearam emplacar apresentação a quem fosse se arvorar em esperto com eles dali em diante.

No respeito adquirido com a extração do coração do comerciante pelas costas foi que a coisa desandou de vez.

O Gordinho queria patentear o exímio do rasgo, a embocadura certeira que o aço lograra, partindo desde cima, dos ombros, abrindo caminho rente à coluna vertebral para vencer as resistências dos músculos e, enfim, subtrair à caixa do tórax a peça intacta. Quando encontrassem o corpo no lixão, cratera no lugar da bomba do sangue, iriam reconhecer como se faz uma verdadeira obra de mestre. A precisão do punho, sustentando firme, sem tremer, mantendo a linha em perfeita curva decrescente. Podia mesmo adivinhar a cara de admiração, o estupefator, o rumorejo crescendo ao redor, vingando em fama certeira. Ao Silivério, interessava o reconhecimento do plano e da metodologia. Fora sua a ideia de extrair o coração pelas costas. Coisa de livro. Igualaria, assim, com os escritos antigos e, quem sabe, também ele não pudesse fazer figura um dia em história contada? Já pensou?

A vaidade do feito deu na querela que extraviou a amizade, e vinha ter desfecho na porta da Mercearia do Monteiro.

— Vai sangrar, porco!

— Vem então.

O Silivério, de quem só parecia se saber bem pouco, a despeito do que tudo leva a crer, atava mesmo era um capricho antigo por uma das moças Trindade. Criado com ela, feito irmã que nunca seria. Suspirava nele, secreto, no íntimo, no peito, um pendor de gosto pela mais nova da família. Apreciava se deixar pousar, mirando sem pressa as sardas amarronzadas, ponteando abundantes toda a extensão da leitosa pele dela. Fornida, ruiva por um quase, uns tocos grossos de coxas, anca com volume, rivalizando uns olhinhos miudinhos, escondendo os gomos azulados atrás das pálpebras. Ficava abrasado só de imaginar o contraste das carnes, quando roçassem umas nas outras, como as correias no motor da máquina de arroz. O lábio tremeria convulso, e as pernas, ah, sim, as pernas, feito bambu-verde na ventania, não suportariam o andamento ritmado da marcha do peito.

O Adão Gordinho folheava revistas nas noites solitárias do arraial. Se caísse morto, raciocinava, ainda assim, restaria em terreno dos outros. Terreno cravejado de pedra pontuda, de saibro grosso, cercado de arame farpado, abrindo uma leira para o nada no fecho da rua empoeirada.

—Vai sangrar, porco!

—Então vem.

O Silivério conservava um tipo de bicho atacado, feroz, que é capaz de queimar por dentro, roendo a garganta, abrindo broca no peito. Prosperaria com as mudas? Juntaria dinheiro? Enfrentaria os Trindade. Sim. Pediria a mão da moça sardenta, filha deles. Faria uma roça grande. Plantaria também o milho. Teria uns meninos graúdos, de pele cobreada, que correriam pasto afora.

—Vai sangrar, porco!

—Vem.

Um homem sem nada a perder torna-se muito perigoso.

"A obsessão é como uma rosa em desespero". O Áureo Márcio repetia essa mesma frase toda vez em que eu o visitava na casa de repouso. Ele fora um homem sólido, do queixo quadrado e dos ombros amplos e retos. Agora, mal consegue ocupar o pijama desbotado.

Conheço-o há trinta anos. Desde quando trabalhamos na fábrica de tecidos. Ele, como supervisor, despachando a partir de uma sala toda envidraçada, de onde controlava os seus subordinados com olhares que dispensavam a energia das ordens mais diretas. O hábito de passar no Italiano para umas cervejas, depois do expediente, nos aproximou. A sinuca do *Buonatrilha* e os fins de noite entre as meninas que estivessem disponíveis no Dinastia puseram o cimento na nossa amizade.

Seríamos apenas mais dois boêmios dispersos pelas madrugadas, se não fosse o fato do Áureo ter uma esposa. Foi ela quem assinou os papéis, autorizando a primeira das internações, logo depois dele tacar fogo na casa. Por sorte, a vizinhança teve tempo de acudir, evitando o pior.

Vieram outras temporadas nas instituições psiquiátricas, nos hospitais e nas casas de repouso, até que ele perdesse em definitivo o movimento das pernas e não tivesse mais para onde voltar.

Se retrocedermos no tempo, vamos encontrar o Áureo Márcio adolescente, em companhia de uma namorada, na cachoeira da Poeira D'água. O casal encontra um despacho, depositado entre as pedras, na parte mais baixa da queda das águas. O rapaz cético cede ao espírito zombeteiro e propõe à companheira uma aposta: ao perdedor, restaria o consumo, sozinho, da garrafa de cachaça destinada às entidades. A moça aceita e perde, sem desconfiar que o líquido fora batizado com vidro moído. A brincadeira resulta em múltiplas infecções e numa agonia longa. O Áureo Márcio experimenta todas as agruras da funda culpa de um áspero remorso, e se consola na perseguição obstinada à dezena da borboleta, que ele viu inscrita na cabeceira do leito da namorada, no hospital.

A adolescência costuma ser um período no qual as convicções primitivas são confrontadas com um mundo mais hostil que o da infância. Para o Áureo, a responsabilidade pela perda da amada, atribuída por ele a si mesmo, foi modulando uma mudança de comportamento. De tal maneira operou-se a alteração, que já não se observavam nele os mesmos traços do jovem de índole voltada para a descrença.

Passou a ser manietado por sonhos, visões premonitórias e palpites ditados por vozes que somente ele conseguia ouvir. A dezena da borboleta, perseguida com método, fazia-o combinar a sequência dos números e dos jogos. Milhar e centena. Milhar invertido. Centena ao quinto. Essa linguagem do jogo do bicho invadiu o seu vocabulário, seu modo de existir e, principalmente, suas tomadas de decisão.

Fizemos ficha e entramos na fábrica pela mesma época. Como ele estudara no Senai, sua ascensão a supervisor não encontrou muitos obstáculos. Conheceu uma fiandeira, uma ruiva da sala de pano, uma tecelã e uma secretária do escritório. A concomitância e a acumulação dos relacionamentos eram resolvidas com um cálculo complicado. Ele explicava, e eu, entre pasmo e boquiaberto, tentava, em vão, acompanhar os seus intrincados caminhos. A secretária nascera em data que combinava com a dezena da borboleta. As demais, ou davam pavão, ou urso ou camelo. Assim, não teve dúvida em casar com a que melhor atendia as regras dos seus raciocínios.

Durante nove anos, o Áureo não viu nenhum problema em amassar o nariz, dar rasteiras e pontapés, moer o maxilar e partir os ossos do corpo da mulher. Parecia que sua forma de demonstrar afeto à esposa incluía o hábito de dar-lhe pancadas sistemáticas e reiteradas. A essa altura, pensei que deveria haver mesmo algum acerto nos seus cálculos, pois o temperamento cordato da mulher evitava as denúncias, mantendo intacto aquele expediente violento.

Esse mesmo Áureo Márcio que a cada visita me faz solicitações distintas, como uma caixa de goiabada cascão e um queijo branco curado, cujo corpo alquebrado deixa frouxo o pijama, possuiu, mesmo estando casado de aliança, uma mesa cativa no Dinastia. As meninas de lá o agradavam num excesso desmedido, como se ele fosse uma espécie qualquer de sultão, e elas, as suas preferidas. Ele retribuía com gorjetas generosas e uma infinita boa vontade ao patrocinar as intermináveis rodadas de cerveja. Na sinuca do *Buonatrilha*, desenvolveu o hábito de apostar sempre no taco menos promissor. Seu método nem contava arrebanhar uma quantia maior com o benefício da exclusividade. Não se importava que fosse pouco rentável, depois de subtraídas as muitas perdas, o resultado da soma das apostas. O importante para ele era a confiança que lhe dava o estratagema. Fazer vingar a metodologia recompensava-o mais que tudo.

A esposa, apesar da rotina de surras, era jovem e vistosa. Não demorou a ser descoberta por um colega de escritório. Uma súbita alteração no organograma levou o Áureo aos turnos da noite em semanas alternadas. Na ausência do marido, o colega passou a pernoitar, tomando o cuidado de sair da casa antes do café.

O Áureo teve um sonho e me contou, na ocasião, ter avistado a própria mãe, que ele não conhecera, abanando um lenço branco à beira de um açude. Era, segundo a sua alucinada interpretação, finalmente, um sinal definitivo da borboleta que tanto perseguia. Tomado desta certeza, entrou na cooperativa da fábrica e fez uma retirada de vulto. Comprou bilhetes da loteria federal e fez apostas em todas as bancas de jogo do bicho que conseguiu encontrar. Estaria naquele sonho a sua redenção. A mãe, mesmo que ele não soubesse como seria o seu rosto, ou não tivesse como reconhecê-la, viera em seu socorro. Acertaria a dezena, a centena e o milhar, de uma só vez. Quebraria as bancas todas com a aposta. Nem era pelo dinheiro, ele falava. O importante eram as certezas embutidas no caminho dos sinais, as indicações de direção que eles forneciam.

Na noite seguinte, sem haver acertado nem mesmo um mísero número, um vizinho de frente contou-lhe o que se passava em casa na sua ausência. Deu detalhes do quanto de tempo o colega de escritório da mulher passava em companhia dela e até do brilho intenso exibido no seu rosto ao abrir a porta para o amante. Furioso e descontrolado, o Áureo quis espancar o vizinho. Não acreditava em uma única palavra dele. Sua mulher não seria capaz de infâmia de tal monta. Não teria forças para levar adiante uma aventura amorosa, ainda mais na sua própria casa. Era mentira, só podia ser. O vizinho não passava de um intrigante chinfrim, movido pela inveja.

Em uma das visitas que fiz a ele, o Áureo pediu um chocolate. Gostava do branco, contanto que o açúcar não fosse excessivo. Sua saúde andava a ponto de não permitir mais extravagâncias clandestinas. Eu perguntei como estava a bacia, uma vez que ele agora só se arrastava pelo chão. Ele reclamou das feridas acarretadas pela nova condição. Sem conseguir mais se mover com as muletas, os braços não sustinham o peso, o Áureo, então, quase não se levantava mais da cama. Quando o fazia, era para seguir se arrastando na direção do banheiro. Como não alcançava as torneiras, berrava aos enfermeiros. Muitas vezes, a demora contrariava a natureza, e ele se aliviava no chão, ou mesmo na cama. Uma das enfermeiras me disse que eu era a única visita que o Áureo recebia. Ninguém nunca o visitou ou quis saber notícias suas. Eu falei para ela que ele não tinha ninguém. Não teve filhos, e os parentes já estavam todos mortos. Ela deixou os ombros desabarem, como se quisesse me dizer alguma coisa.

O vizinho aconselhara o Áureo a tirar a história da esposa a limpo, caso permanecesse não acreditando no seu relato. Ele poderia simular uma mudança de horário, uma troca de turno e surpreender a mulher em flagrante, na companhia do colega do escritório. Não foi fácil, dado o acesso dos dois às escalas de turno. Mesmo assim, ele e o vizinho conseguiram combinar uma estratégia. Antes, porém, o Áureo consultara o calendário, cuidando de fazer os cálculos para verificar se a data coincidia com as sequências da dezena da borboleta. Não combinava. Então, marcaram uma semana em que ambos podiam dispor de largos prazos para a tocaia.

O que o homem não poderia prever era o intento do Áureo de atear fogo na casa, com a mulher e o amante lá dentro. Escondidos, viram quando ela abriu a porta, e o tal entrou, depois de esgueirar-se pelo muro. O rosto alvo, iluminado por uma satisfação jamais presenciada pelo marido. O vestido de alças, deixando os sinuosos braços à mostra. Os cabelos soltos e bem penteados. O Áureo foi capaz até mesmo de adivinhar o perfume, salpicado na nuca e nos lóbulos das orelhas. Numa raiva surda, a imagem da mulher misturou-se à da namorada morta ainda adolescente. Já estava ao redor da casa, espalhando gasolina e pronto para acender o isqueiro. O vizinho não o conteve. As chamas, a atenção da rua. A casa ardendo.

A esposa internou o Áureo numa clínica psiquiátrica. Ele anotou o número da placa da ambulância e me pediu para apostar na dezena e no milhar da borboleta. Falou para que eu não apostasse na centena. Desta vez, não. Tivera um pressentimento, e era melhor evitar a centena.

Assim que o processo do divórcio foi concluído, a mulher do Áureo desapareceu, e nunca mais soubemos dela. Ele ia da clínica para o hospital. Do hospital para outra clínica. De volta ao hospital, foi ficando nessa rotina até desabar em definitivo numa casa de repouso. Não voltou à vida de antes. Passou a sofrer ataques, convulsões e repentinas perdas de consciência. Aos poucos, as pernas foram deixando de obedecer. Os médicos recomendavam tratamentos que não surtiam efeitos. Quem o conheceu na fábrica, no Italiano, no *Buonatrilha,* nas bancas do jogo do bicho ou no Dinastia, teria dificuldade em reconhecer aquele ajuntado de escombros no qual ele veio a se converter. Talvez sua obstinada perseguição à dezena quinze seja a única forma de notá-lo ainda naquele corpo definhando.

A cada visita, percebo não demorar muito o momento em que não mais precisarei levar cigarros escondidos. Não o verei mais segurando o caderninho no qual ainda faz complicados cálculos para saber quando deve me lembrar de apostar na dezena da borboleta, mesmo que sua vista pareça capaz de reter somente formas embaçadas e difusas. Ele não faz mais questão de berrar aos enfermeiros quando sente a natureza demandar esforços do seu debilitado organismo.

Na última visita, ele não se ergueu da cama. Assim que entrei no quarto, ele me fez um sinal, pedindo a minha aproximação. Vencendo o cheiro desagradável que emanava do seu corpo, pus minha orelha junto à sua boca e ouvi-lhe os sussurros.

"A obsessão é como uma rosa em desespero", ele disse.

A PONTA SOLTA

Sob o chapéu de palha, Mendes Inácio oculta-se, aguardando a sua vez de herdar os feitos do avô. Dele, ficaram o azul dos olhos e as terras da Seringueira. Terras areentas, esfarelando sem pressa, sem aceitar poço. As mandiocas murchavam, o abacate encruava, elas aniquilavam o milho e desaconselhavam instalar ali os brejos de arroz.

— Porcaria de terra, pai. Porcaria — falou o Cito.

— A vida não deixa ponta solta, Cito — reagiu assim o Mendes Inácio.

Impacientado com a pasmaceira dos dias compridos, o rapaz esperou o expresso, fez a mala e se despediu na plataforma da estação de

Vista Alegre. Recusava-se botar em pé um areão. Não queria a mesma moldura estreita das duas ruas e um morro árido. A ser tirador de areia, preferia o incerto que outra terra oferecesse.

Então o Mendes Inácio arrolou na voz seca o seu sortilégio de linhagem, que seria também o do filho. Nem aquele conhecimento desfez a vontade do Cito de romper a herança.

— Crendice, pai. Coisa passada. O feito dos outros não respinga na gente.

Voltou num caixão de pinus envernizado, do qual o Mendes Inácio precisou chumbar alças de bronze. O corpo inchado, vítima de afogamento, não expeliu todo o excesso adquirido no acaso.

Ao Padre Astolfo coube a encomenda da alma e a atenção à desenvoltura do homem para servir café com bolo aos prestimosos oferecimentos de conforto.

—A vida não deixa nenhuma ponta solta, padre.

A caneca de alumínio queimou na mão do sacerdote. Que sabedoria torta aquela. Enviesada em hora imprópria. De onde viera uma tal interpretação dos destinos? O Cito, ainda jovem, morto. O padre deu por tristeza, o homem acabara de perder o filho, afinal. Contudo, não deixou de estranhar o rígido controle das lágrimas, nenhuma, a sisudez, nem mesmo uma linha fina de água no azul dos olhos. Conhecia o Mendes Inácio e não julgava. Ele teria zelo genuíno pelo filho. Se escondia o sofrer legítimo, razão haveria.

O pai não atinava no porquê de haver sido pulado do decréscimo da ordem. O filho antes dele.

Nas sextas-feiras, com o sol baixando, o Mendes pendurava o chapéu e deixava a Seringueira para sumir capoeira afora. A garrafa de cachaça com ele, também uns torresmos, o fumo picado e um isqueiro. Temiam pelo desatino. Nas segundas, mal a luz fraca acontecia sobre os morros, ele estacava na porteira. Dali, mirava os janelões gretados apodrecendo. Tirava o chapéu e subia os degraus da varanda, onde esticaria o corpo na rede, deixando o mato crescer no alicerce da casa.

Antes de saber do plano que o aguardava, Mendes Inácio foi moço ladino. Aos regalos dos namoros, deu preferência de se arranjar pelos lados do Querosene, onde as meninas da Dona Maria se emprestavam para as noites. O pai, entregue ao vício, saía para as jogatinas, e ele bem podia carregar a Ymira para a casinhola dos fundos.

A pele amorenada da turca deu-lhe promessa, e o pai quis arrancar os olhos dela numa tocaia. Depois consentiu, sem gosto e sem forças para barrar o romance, desde que longe da casa, da casinhola dos fundos e da vista do povo. Doente dos nervos, a mãe não durou para ver o Cito nascer.

Então, o pai convocou o Mendes Inácio para a conversa e falou sobre os destinos dos homens da família. O monturo dos cabelos grisalhos sob a corrente de ouro que, no peito aberto da camisa fora do avô. Estava na hora dele saber.

— E você ainda traz filho ao mundo, Inácio?

O incrédulo da pergunta tinha prova. O Cito só perdera um único dente e alguns fios do cabelo na queda feia da cachoeira. Era mesmo assim. Não falhava. O avô fizera a coisa toda e teve a hora dele num disparo de cartucheira. A hora do Mendes Inácio teria que esperar. Primeiro, a do pai. E o Cito esperaria a dele. Assim estava certo.

O raio desceu na figueira, e a figueira, sobre o pai, esmagando o oco do crânio. O Mendes Inácio ocultou-se. Pôs-se a aguardar a sua hora.

A destreza do pai que perde o filho sem lágrima fustigou a curiosidade do Padre Astolfo. Homem lido, haveria de perseverar no encontro da origem daquela certeza calma do Mendes Inácio.

E, numa tarde, na sacristia, indagando das anotações dos seus antecessores à caça do mote para uma extrema-unção, o Padre Astolfo topou com os papéis empoeirados do Dom Delfim.

A letra bem alinhada e redonda comunicava ao bispo o horror havido em Vista Alegre. A terra não prosperaria depois do feito. Dom Delfim, em carta sofrida, pedia oração, orientação e providências. Viera a Vista Alegre em socorro do Padre Lourenço, que, por sua vez, foi quem socorrera o Padre Camilo.

Ao Dom Delfim, Padre Lourenço falou dos tempos em que a estrada de ferro contratava braços para o assento dos dormentes e da fixação dos trilhos. A linha seguiria para o Recreio, vinda de Cataguases.

Esfarrapados em suas terras, os homens aportavam no Miranda, atravessavam na barca, encontrando alojamento no que restara de ruína dos engenhos. Vinham separados por línguas. Portugueses, italianos, libaneses. Os pretos forros, empurrados para os caminhos de asfalto, não tinha lugar que lhes coubesse.

O avô do Mendes Inácio viera de Setúbal. Seu nome constava na lista do pessoal da soca, dos assentadores de dormentes, dos fixadores de trilho. Depois sumiu por uns tempos, para aparecer de novo como dono das terras da Seringueira. Por lá, passaria a linha do trem. Unido aos da sua terra, forçava que a estrada de ferro não contratasse os carcamanos e os turcos. E mantiveram fechado o círculo até que a linha alcançou a estação de Vista Alegre. A gripe deu cabo da metade dos homens, e a estrada de ferro recorreu aos italianos.

As rusgas crescentes explodiram com o assassinato de um tal Alfredo. Pretexto passional, alegaram os lusos, embora a ninguém tenham convencido. Era ainda o tempo do homem da boina, um vulto noturno e matreiro que se ocultava atrás das árvores para aparecer às moças de Vista Alegre. Apontaram, jurando, que era o Alfredo o sujeito da boina. A maioria portuguesa não encontrou entrave para confeccionar a fama do italiano.

Morto não reincide no crime. O homem da boina continuou aterrorizante, voltando a emergir das sombras, e a identidade dele, objeto de especulação. Os portugueses apontavam qualquer italiano disponível, e os italianos revidavam, identificando um português de ocasião.

Os desentendimentos atrapalharam a frequência das famílias às festas da igreja, e Padre Camilo, pároco do lugar, quis apaziguar os ânimos. Sua ascendência pesou contra a ação. Os portugueses já andavam desconfiados de sua tendência sibilina em favor dos interesses dos seus irmãos italianos.

Arengaram até uma das vítimas do homem da boina, num rompante defensivo, conseguir arrancar do algoz o relógio de algibeira.

Examinaram, arriscando palpites. Objeto era raro, e o dono não deveria ser nenhum pé-de-chinelo. No alvoroço, lembraram de solicitar à vítima uma descrição, e ela consentiu em assemelhar o seu atacante a algumas silhuetas conhecidas. Não revelaria, porém, os nomes, antes de confirmar suas suspeitas. Tempo suficiente para apostas e especulativas leviandades de diversa ordem.

— A vida não tem ponta solta — falou o avô do Mendes Inácio, que reuniu os patrícios para revelar sua descoberta da propriedade do relógio de algibeira.

— Há fogo nessa fumaça.

A turba inflamada o seguiu com paus, pedras, enxadas e muita raiva acumulada no movimento. Justiçariam o meliante. Quando perceberam que a liderança os encaminhava até a casa paroquial, suspenderam a marcha.

— Digo que é o padre carcamano, porque é o padre carcamano. Tenho aqui o relógio. A algibeira dele há de estar vazia.

Não contestaram. O ruído logo era barulho de pés na porta. Padre Camilo tentou escapar à massa sanguinária. Alcançou o quintal vizinho, um chiqueiro e um beco. O acento dos anos atrasou a fuga. Apanharam-no junto às rodas de um carro de bois.

O avô do Mendes Inácio não permitiu a defesa. Revirou e exibiu o fundo da algibeira do padre, que, amordaçado, não podia arrazoar em contrário. Magoaram o corpo do sacerdote. Deram-lhe seguidas investidas, esfolando a pele inteira. Quase não restara dele para pendurar em exemplo no cruzeiro da praça.

Padre Lourenço clamou ao Dom Delfim, que registrou o feito todo, dando com o auxílio das Escrituras, o remate que teria uma terra que esfola vivo um servo de Deus.

Depois de fechar o livro, o Padre Astolfo foi levar a comunhão ao Mendes Inácio.

A HISTÓRIA DA ESPINGARDA

Entre as muitas atribuições que as autoridades conferem a quem se atreve a contar uma história, o acesso irrestrito aos fatos parece ser a mais importante. Isso porque ouvintes ou leitores não costumam tolerar de boa vontade os arranjos imaginosos que desdenham de conhecer na intimidade, o material dos seus relatos. Contudo, também é verdade que alguns de nós, mesmo desmerecendo essas severas leis do narrar, conseguem alcançar êxito em manter aceso o interesse sobre suas tramas. Para tipos assim, os fatos não passam de obstáculos. E, não raro, seus exercícios de fabulação, inclusive, violam o resguardo do quanto pensam suas distintas personagens. Uma vez investidos de poder sobre elas, não costumam deixar em paz os pormenores mais vulgares, movidos que são pela necessidade inescrupulosa de investigar a existência alheia. Por minha parte, evito incumbências enxeridas.

O prólogo — cujos préstimos só as boas histórias podem dispensar — apenas justifica o pouco apreço de quem conta de ouvido à exatidão, e considera mesmo pouco provável que a história a seguir tenha se passado tal como aqui vai dita. Reconheço os perigos e as tentações às quais estão sujeitas as larguezas do privilégio de poder ir preenchendo com fel, as lacunas do desconhecido. Juntos, imaginação e privilégio corrompem com as sedutoras facilidades corrosivas que oferecem aos espíritos tacanhos, a perversidade e a maledicência.

No entanto, se não envenenamos esses lapsos, reclamando de uns desequilíbrios deles, falham nossas inclinações. Somos gente talhada, inevitavelmente, ou para o drama ou para o cômico. Tal é a natureza do homem. E a deste modesto contador de histórias julgará melhor quem se dispuser a acompanhá-lo até a vila de Vista Alegre, no interior de Minas Gerais.

Neste pedaço de terra pacata, entre montanhas elevadas e larga pastagem para o gado, vive o Álvaro Talano, um galego sardento, robusto e disposto, cujas mãos calosas dão notícias dos seus predicados. Homem de posses sólidas, gosta de afirmar, com certo orgulho másculo, que mantém os desafetos ao alcance da mira, e os aliados, sob a prudência das desconfianças.

Mesmo não arrolado entre aqueles que desgostam do galego, as inclinações imaginosas deste que conta devem — quem pode com o que vai no inconsciente? — padecer dos resquícios interessados em colaborar no desmonte dos méritos do sujeito operoso, e lidador, que ao Talano grudou-se a ferro.

Confesso que conheci alguns dos mais notórios inimigos do galego. Uns tipos interesseiros, no ordinário, com olho cultivado para valor de terras. Travei contato com eles por ocasiões de velórios e enterros, circunstâncias propícias para ouvir versões distintas de uma mesma história. Os mais bem informados dirão que, por conta das fontes, sou o tipo de narrador ao qual não se deve dar crédito de garantia.

Embora pesasse sobre o Talano a fama de beberrão, pelo que consta, não lhe faltava mais do que o necessário para não envilecer. Fora, é claro, uma mulher. Mas diga-se, não qualquer mulher, porque dessas ele dispunha sem muito esforço. Porém, argumentava, as meninas do Dinastia logo tornavam aborrecida até mesmo a rotina de quem foi criado entre éguas e vacas, num ermo de pasto a cansar a vista que o alcançasse. O Talano necessitava mesmo era de uma mulher que lhe "acendesse a luz nos olhos". Aquela vida dele, do jeito que andava, encaminhava-se para uma solteirice convicta e triste.

Na falta do pai e da mãe, ainda jovem, o Talano assumiu a lida das terras da família. A irmã não resistira a um surto de febre, e o irmão, bem mais moço, padecera de um derrame no cérebro. Com a disciplina desperta antes do sol, logo fez a vacada toda dar leite, e era farto o seu fornecimento de carne para os açougues da região.

Sem ter a quem prestar contas, de passagem pela Mercearia do Monteiro para umas compras, cismou de se enrabichar com a Júlia Barradas, uma dona casada, de aliança e tudo, com o Zé do Carmo.

Nesse ponto, a história desanda. E a imaginação — essa adversária da sobriedade — só consegue acrescer ao novelo que daí se desfia em umas magras pitadas de drama. Porque, se um afeto vulgar, por si somente, tem poder de carrear um homem para os abismos mais sombrios, uma paixão repentina por uma dama casada dispensa que se lhe metam literatices.

No entanto, ocorrência ainda mais singular dava conta de que, mesmo comprometida, de aliança e tudo, com o Zé do Carmo, um escrevente de registros cartoriais, as vozes mais sibilinas do lugar sussurravam pelos recônditos que a Júlia Barradas nutria mesmo era um gosto de corpo pelo Luís Anselmo, um desocupado que era sustentado por uma tia aposentada.

A imaginação poderia, se melhor entendesse desse jeito, descartar os adendos. Porém, a sabida perversidade do povo do lugar concedeu ao pormenor do gosto de corpo um espaço generoso. Para não parecer disposto a discórdias com a inteligência popular, atribuiu-se a Anselmo aquela correspondência que fez daquilo um caso amoroso. A semelhança de intenções, portanto, foi capaz de dar à história umas aparências de triângulo passional. E, se quisermos crer no que soletrava a maledicência, era mesmo, pois alegava-se que entre o marido e o amante não havia qualquer sintoma visível de animosidade.

Aqui, o responsável por dar à luz a trama interrompe o desfiar dos fatos e concede a si mesmo, generosa permissão para uma nota breve. Tudo indicava que, se valessem apenas os juízos das beatas, a sem-vergonhice morreria virgem, e a Júlia Barradas, excomungada. Essas formas de avaliar pesam sempre mais a mão sobre a mulher, como se dela emanasse toda corrupção de princípios. Aí está a Eva bíblica para o acerto das contas do que há no mundo. No entanto, a vida secreta do corpo, bem sabem os espíritos menos devotos, não respeita leis cujas prescrições não provenham dele próprio.

E a Júlia Barradas, num desses lances astuciosos capazes de atrair a fama da perspicácia, do cálculo e da comodidade, decidiu abrigar o Álvaro Talano no arranjo. Fosse pelas posses ou por um apreço caprichoso, o certo é que o triângulo, terceto ou coisa que valha, passou a funcionar como quarteto.

Abro outra breve nota para reparar que as sabedorias sem referências citáveis costumam indicar que as coisas envolvendo mais de uma pessoa por vez, exigem do juízo a criação de um código de norma, mínimo que seja. Tal expediente se faz necessário para o controle dos papéis não sair do riscado.

Fiado nessas premissas de sanidade, o Álvaro Talano inventou de fazer, nas terras dele, lá bem longe da vista cobiçosa do povo da Vista Alegre, umas sessões regadas a música, dança e cerveja. Os convidados: a Júlia Barradas, o Zé do Carmo e o Luís Anselmo. Distantes do buliçoso apetite do povo para a fiscalização do alheio, tomaram jeito de harmoniosa união, os saraus com os quatro elementos.

Nas sextas-feiras, depois da lida das enxadas, e das foices, e das portas arriadas dos negócios de terras, em vez da cachaça no Monteiro, e da comprida noite no perfumado salão do Dinastia, onde as moças se trocam por promessas, iam os quatro para a casa do sítio do Talano e, por lá, pernoitavam até a noite do domingo.

A Júlia Barradas tinha umas formas de dama fornida, carnuda, vistosa, do rosto arredondado e da pele muito branca. Como quase nunca deixava soltos os longos cabelos pretos, dizem, quando as compridas madeixas desciam pelas suas costas afora, muita gente frívola e respeitável sentia o sangue correr abrasado. O marido, o Zé do Carmo, era, para bem da verdade, um tipo miudinho, desmilinguido e pálido, que mal se sustentava nos gravetos das pernas. Usava uns óculos de quadrados aros grossos, um bigodinho ralo, incapaz de preencher num encontro a parte superior do lábio com as narinas. O Luís Anselmo, como se sabe, pendia para a seara dos desocupados, que a decadência do lugar só fazia crescer em número. A tia solteirona, além do teto e do sustento, provia o seu estoque de trocados, que ele perdia todo na sinuca. Desacostumado da força, foi ficando bom no carteado e, com a sorte apurada, nos bingos de quermesse. A Júlia Barradas viu nele uns acentos de beleza desinteressada, ela disse depois, dessas que o sujeito nem se importa com a barba por fazer, ou com o desalinho do cabelo desabando sobre a gruta dos olhos.

O Talano, esse pode-se dizer que é um perfeito matuto arredio. Um bicho do mato, criado com leite de cabra e farinha torrada. Branco avermelhado, grandão, rijo, as mãos enormes sempre sujas por debaixo das unhas.

Da casa das terras dele e do que se passava por lá entre o fim da tarde de sexta-feira e o início da noite do domingo, pouco se conhece, embora muito se especule. Contido pelo pudor mais sincero, evito pronunciar em voz alta aquilo que dita a imaginação. Mesmo para os interesses da sordidez, não fica bem dar de ombros aos avanços indevidos nas intimidades alheias.

De todo modo, não era segredo para ninguém que o Talano mantinha espingardas no sítio. Ele mesmo garganteava os espaventos aos bichos invasores e não se cansava de repetir que era homem disposto a passar fogo em quem folgasse com ele.

Numa tarde de sábado, porém, quando estava na canoa, tirando peixe para a refeição da noite, meu tio Chico foi chamado às pressas. Com a máxima urgência, dizia o mensageiro, ele deveria conduzir seus poderes de curador ao sítio do Talano, porque lá necessitava deles, uma vítima de bala.

Meu tio Chico, naquela época, podia ser descrito como um tipo atarracado, de traços grossos. Os cabelos ainda não exibiam a cor acinzentada dos seus últimos dias. Era o homem firme, paciente e silencioso, que benzia com galho de arruda, fazia garrafada e curava ferida ou dor somente com o pousar da mão espalmada sobre a testa do necessitado. Fosse tiro, facada, moléstia de pele ou da alma, receitava e benzia. Para além dos seus poderes curativos, ele gostava mesmo era de contar histórias de bicho e de assombração. História de gente, falava, era coisa tinhosa e nunca dava carreira reta. Sua conversa mansa não bulia com os segredos do lugar. Talvez por isso confiassem nele, tanto os fazendeiros grandes quanto as mães de meninos levados.

Não seria melhor chamarem um médico? A pergunta procede e foi feita quando souberam do ocorrido no sítio. Mas não alcança o sinistro do Luís Anselmo agonizando, vazado desde a barriga até as costas por um único tiro de espingarda. Disseram que ele limpava a arma para o Talano, e ela, devido ao óleo escorrer na trava, disparara, ferindo o jovem.

A Júlia Barradas, em prantos, suplicava ao meu tio pela vida do amante, enquanto o Talano e o Zé do Carmo, cada um no seu feitio, acossados pelas paredes do quarto, pareciam desejosos de se afundarem pelos vãos do reboco.

Tio Chico pôs a mão na testa do agonizante. Fechou os olhos, fez um silêncio longo e iniciou o ritual. Não de cura, de passagem.

A memória fustiga as lembranças e ouve o tio contar que o tiro fora dado de muito perto. Quando ele chegou, a pólvora já invadira e tomara por dentro toda a broca aberta na barriga do Luís

Anselmo, que tremia, como se fosse de frio. Tio Chico só ajudou a apagar a luz dos olhos dele.

Assim que se deu o enterro, o Talano levou a Júlia Barradas e o Zé do Carmo para morar no sítio consigo. Os três juntos, num arranjo de aliança.

Quando meu tio Chico estava para morrer, ele, que nunca falava dos vivos, contou jamais ter visto uma tristeza tão grande deformar o rosto de uma mulher quanto a que ele viu nos olhos da Júlia Barradas naquela tarde.

A VIAGEM

O Lennon fora preso em São Paulo. A comunicação chegou à delegacia de Morro Velho no final do expediente. Gerson estava de plantão e, quando leu o nome no documento, pensou que só poderia ser um grande engano.

Os colegas paulistas confirmaram a identidade do preso e esclareceram as circunstâncias. O antigo morador de Morro Velho envolvera-se numa briga de bar. Por motivos banais, iniciaram uma discussão que terminara em mútuas agressões. Ao consultarem os nomes dos envolvidos nos seus sistemas, deram com um alerta para crime em aberto, um caso anterior aos detalhados registros informatizados. Resolveram entrar em contato, pedindo mais informações sobre o sujeito.

Ao desligar o telefone, o investigador Gerson quase não acreditava no que acabara de ouvir. Depois de tanto tempo, o Lennon passara ao reino imperturbável das lembranças distantes. Não esperava mais topar com ele nesta vida.

O tempo decorrido, o registro em aberto, a prescrição do crime. Esses elementos da burocracia travavam batalha com a atenção às providências urgentes. O Lennon acertaria contas com uma fiança pelos transtornos no bar e continuaria desfrutando da liberdade que a sua fuga de Morro Velho havia lhe concedido. Era preciso dizer ao Eleutério Mendes. Precisava avisá-lo que o Lennon estava vivo e sob a guarda da polícia.

Gerson se encarregaria de ir pessoalmente ao Rio de Janeiro dar aquela notícia para o ex--delegado de Morro Velho.

Àquela hora, não havia quase ninguém por ali. O atual delegado saíra um pouco antes, os demais agentes do plantão ainda não ocupavam o balcão de entrada, também a secretária fora embora, deixando-o impossibilitado de solicitar a liberação de um carro para a viagem.

Além de ter nascido em Morro Velho, o investigador passara boa parte da sua vida nesse lugar. Conhecia o Lennon desde criança. Conhecera o Antenor. Conhecia bem o Eleutério Mendes e sabia a que extremos o antigo delegado do vilarejo sempre esteve disposto a chegar para pôr as mãos no Lennon. Só não saberia imaginar como o Eleutério reagiria àquela notícia.

Gerson atravessou os silenciosos corredores da delegacia, apanhou um café na máquina e, dirigindo-se aos arquivos, retirou do armário a pasta com o inquérito da morte de Antenor. Os papéis amarelados repousavam entre as encadernações marcadas pela mesma rubrica de "casos não concluídos". Ele acendeu um cigarro, tirou o lacre e espalhou os documentos sobre a sua mesa.

Mesmo conhecendo os registros, a leitura da investigação do assassinato esbarrava numa parte das suas lembranças de adolescente. Gerson não era muito mais que menino quando o Antenor morreu, mas não esquecia que fora ele quem primeiro o alertara para os perigos da correnteza, na altura do ribeirão dos Lavradios.

Numa conversa, ouvira do rapaz para evitar os mergulhos que tomavam os ingazeiros como trampolim. Aquela posição fazia os meninos nadarem contra a correnteza. Deveriam preferir o outro lado, onde o descampado proporcionava uma visão mais nítida das pedras do rio, e as águas seriam menos traiçoeiras.

Gerson também fora aconselhado pelo Antenor a reparar na esperteza adiantada das meninas do Rio, que passavam suas férias escolares em Morro Velho. Nadavam juntos na junção das águas, na curva da ponte, onde o ribeirão se encontrava com o rio Pomba. Os meninos menores, as moças e os rapazinhos.

A escolha daquele ponto favorecia a travessia das cercas de bambu da propriedade dos El-Khoury, onde roubavam jambo, catavam manga e limpavam os cajueiros do terreno dos libaneses, que reagiam dando tiros de sal nos invasores.

Gerson se lembrava de Antenor correndo, debochado, improvisando uma sacola com a camisa de malha. Depois, a turma fazia uma grande roda na praça para dividir o produto das aventuras, escarnecer dos libaneses e gargantear cada um dos feitos heroicos.

Aquelas lembranças agiram para deixar o investigador ainda mais apreensivo quanto à reação de Mendes. Não podia prever de que modo as memórias daquela tarde ensolarada, no distante verão de 1979, ainda permaneciam no espírito do antigo delegado de Morro Velho. Não sabia nem mesmo em que estado o encontraria. Tinha certeza somente de que não deixaria a frieza dos seus colegas da polícia fustigar as recordações do ex-delegado. Ele próprio contaria. Acharia um jeito de falar com o Mendes sobre a prisão de Lennon, estava decidido.

Com os papéis espalhados sobre a mesa, Gerson foi deixando que a luminária indicasse os clarões do caminho datilografado com borradas letras negras. A direção da leitura deveria favorecer os seus ensaios para uma abordagem do Mendes, quando chegasse ao Rio de Janeiro.

Pensou em começar evocando a longa amizade entre ambos, motivada pelo fato do pai do investigador ter sido ajudante de ordens do ex-delegado. Depois, diria que sua decisão de entrar para a polícia deu-se porque também não se conformava com o crime e com a fuga de Lennon. Pensou em lembrar ao Mendes que ele também é pai e que, portanto, compreende com profundidade os seus sentimentos. Por fim, achou que o melhor seria ponderar sobre o tempo. O Lennon não era mais o rapaz tinhoso de antes. Envelhecera, como o próprio Eleutério Mendes também havia envelhecido. Porém, uma após outra, foi desistindo de todas as suas estratégias. Aquele homem, afinal, depois de tantos anos, estaria diante do assassino do próprio filho.

Antes de começar a preparar a viagem para o Rio de Janeiro, Gerson teria que reler todo o inquérito. Os agentes da polícia de São Paulo solicitariam mais informações sobre o crime. Além do mais, o Lennon não seria transferido para Morro Velho. Ficaria livre logo. Ainda que viesse para aquela delegacia, o novo delegado não era do tipo que confere muita importância ao passado do vilarejo. Certamente, a prescrição pesaria mais do que os afetos, mais do que toda a história daquele crime.

Gerson preferiu começar vendo as fotografias da perícia. Nem mesmo em desbotado preto e branco, o sangue deixa de manchar a camisa do Antenor. O corpo jovem e pálido, esvaindo nas poças de sangue, estirado sobre o jardim da praça, depois de golpeado pelo punhal de Lennon.

Nos depoimentos colhidos junto às testemunhas, entre elas as duas irmãs do Antenor, as unânimes menções à rapidez do assassino, à sua habilidade sorrateira para surgir do nada, surpreender o desafeto, golpeá-lo e evadir-se, tomando rumo afora pelo Morro dos Cavalos.

Gerson estranhava o fato de nenhum dos documentos registrar a assinatura do Eleutério Mendes. Ele era o delegado de Morro Velho na época. Mas fora o pai do investigador, estava anotado, quem ajudara a organizar a perseguição e preparar a papelada do inquérito.

Fizeram varreduras na casa da mãe, depois dos irmãos, dos cunhados, dos primos, dos tios e até de uma suposta namorada do assassino. Foram inúmeras as expedições às grotas da Mata da Capoeira, aos esconderijos de pedras na altura da cachoeira. Nem mesmo as tocas do ribeirão e o quintal dos El-Khoury escaparam das buscas. Tomaram informações com pescadores, com caçadores eventuais, todos dizendo ter avistado um sujeito pular no rio, atravessar a ponte e embarcar num carro à sua espera no asfalto.

O pai de Gerson sempre se referiu às pistas dos mateiros com má vontade. Apesar disso, creditava a fuga de Lennon a expedientes facilitados por algum conhecedor das trilhas, das picadas abertas através da mata fechada até os pastos das Fazendas Reunidas. Também ajuntava teorias ao fato de Lennon nunca ter sido capturado. Como filho de investigador, o Gerson aprendera a descartar as tramas complicadas. Sabia que as fugas sempre envolvem expedientes de improviso. Por ter decisões importantes a tomar num curto tempo, o fugitivo tende a ceder à sedução de simplificar.

Aqueles tempos incentivavam práticas que não conheciam limites para a extração de informações. Uns parentes de Lennon descobriram da maneira mais inadequada, alguns dos significados da palavra autoridade. Sem dormir há dias, arma em punho, o Mendes transformou-se num possesso incontrolável, capaz de invadir sem mandado, privar de ir e vir quem ele bem entendesse, enfiar o cano do 38 goela abaixo de qualquer sujeito que ele imaginasse dispor de alguma notícia relevante.

O ex-delegado mandou instalar uma sentinela permanente na casa da mãe de Lennon. Na varanda, as luzes tinham que ficar acesas de modo ininterrupto. As roupas foram confiscadas, e os documentos de identidade da família toda, recolhidos. Ninguém entrava ou saía de Morro Velho sem ser dissecado por completo da cabeça aos pés.

Sobre o caixão do filho, aos prantos, o Eleutério Mendes prometera caçar o Lennon, custasse a sua vida, se a promessa exigisse.

Como os dias passavam sem novidades, a mãe de Antenor e a de Lennon encontraram-se na igreja. A do morto, amparada pelas filhas. A do assassino, ocupando as últimas fileiras de bancos, entrando pela porta dos fundos, saindo antes do término da missa, sem tomar comunhão. Depois do ocorrido, os parentes de Lennon foram se entocar na roça deles, levantando um muro alto no sítio. Puseram correntes e cadeados por todos os lados. Dava para ver a fortaleza até da Roda D'Água ou mesmo da parte baixa da Volta Fria. Não saíam mais de lá. Nem para as procissões de São Francisco, do qual sempre foram fervorosos devotos e generosos contribuintes de prendas para os leilões da igreja. Aos poucos, foram tomando distâncias do vilarejo, até sumirem de vez da vista.

As irmãs de Antenor não suportavam mais olhar as roseiras da praça. O Mendes mandara cortar todas, embaixo, não restando nem as raízes. A mãe não podia sair à calçada, as camisas do Morro Velho secando no varal da casa em frente. Aquela faixa horizontal, em vermelho, a estrela azul no peito. O Antenor beijava a estrela a cada gol que ele fazia. Era mania dele comemorar batendo na perna esquerda, erguida durante a corrida em direção ao abraço dos demais jogadores.

A paixão juvenil passou a enrugar no rosto da Soninha. Ela e o Antenor, de namorico em segredo, na janela da casa dos Mendes. O som do Clube dos Antunes emudecendo até nos sábados de festa. O perfume do Antenor secando nas alinhadas camisas de mangas longas, que ele usava para ir aos bailes. Os domingos, as horas da tarde na semana como gotas intermináveis de um líquido insosso e doloroso.

O irmão mais velho de Gerson, o Gilberto, era o inseparável amigo de infância do Antenor. Os dois andavam juntos para todo lado. Depois da morte do amigo, o Gilbertinho ficou amuado, mantendo os olhos fixos na porta da casa do

Antenor, à espera da sua chegada. Um dia, ele se levantou bem cedo, pôs uma muda de roupa na mochila, despediu-se do irmão e sumiu. Nunca mais souberam dele.

Os Mendes resolveram deixar as lembranças apodrecendo em Morro Velho. Com a aposentadoria, o ex-delegado mudou-se com a família para o Rio de Janeiro.

A pasta encardida escorreu para o canto da mesa, fora do alcance da luminária. Gerson a ajeitou. Queria reler o depoimento do seu irmão, grande amigo de Antenor. O investigador dispôs as folhas para poder ler de um fôlego só aquelas palavras. Mas, em lugar do insosso registro, no qual as palavras "depoente", "autor", "vítima", "testemunhas" não possuíam rostos, Gerson preferiu se lembrar da manhã em que o irmão mais velho partira.

Naquele dia, o Gilbertinho o acordara, já de banho tomado, vestido com a camisa azul que ele usava somente em festas. Os olhos dele não cabiam mais de esfregações. Devia ter passado em claro a noite que era de vésperas. Partiria, estava decidido, iria de vez, nunca mais voltar a ver o vilarejo, seu propósito. O irmão perdoasse, mas não aguentava mais o redemoinho no peito, sugando tudo o que ele tinha. Não podia mais. Morro Velho tinha sangue, e ele temia que o seu vazasse dos poros todos. Não, o pai, a mãe, o irmão, não mereciam o arremedo de homem que restara. Precisava dizer ao Gerson, "mano, olha, cuida da mãe e do pai" e, num jorro único, falou, a tarde da morte de Antenor embargando a garganta.

O Gerson lembrava, tinha decorado cada uma daquelas palavras. O depoimento registrado do irmão não podia alcançar o fundo nos olhos do Gilbertinho, o movimento das mãos, fazendo os gestos do Antenor e do Lennon. Agora, na sala às escuras, o Gerson fechava os olhos e as palavras iam voltando, uma a uma, compondo uma narrativa que, muitas vezes, ele havia se esforçado por esquecer:

"Sabe, Gerson, eu vejo toda hora a gente na praça. O Mauro da Cenira tocando violão. O Antenor fazendo percussão com as mãos. Ele era bom em imitar sons de instrumentos, fazer batucada. As meninas cantando. O Jurandir batendo numa tábua de carne, do açougue do pai dele. O Zé Roberto improvisando um reco-reco com uma mola velha e uma lata de óleo de soja. O pessoal se divertindo. Eu vejo toda hora o Lennon chegando, querendo entrar, participar da roda. O Antenor rindo dele, como fez sempre. Os dois viviam de rusga, não era de ontem. O Antenor gostava de falar, na frente dele, olhando no olho, que um sujeito com o nome de John Lennon não podia ser um semianalfabeto, não tinha direito de ser o que o Lennon era. E emendava, chamava o outro de Popoporó, uma gíria nossa da época, significava paroara, bronco, peão, um pessoal desse tipo. A gente se divertia, dividindo o povo todo com as nossas gírias: os popoporós e os a-uns. Os a-uns eram os malucos, a turma do fumo lá do Cambalacho. Ele alfinetava apelido em todo mundo. Era dele isso. Punha apelido, e pegava. Sabia como fazer pegar um apelido. Então, cresceu uma discussão entre os dois. O Antenor sempre gostou de briga. Nesse dia, pegou uns galhos de roseira, fez um relho e deu uma surra com ele no Lennon. Bateu com gosto. Depois, deixou o outro pelado e chutou a bunda dele. Todo mundo riu. Filho de delegado, o Antenor se sentia autorizado a dar coças caprichosas e contava com uma rede de simpatias. Tinha muitos amigos aqui no vilarejo, e fora também. As meninas do Rio davam de cima dele, a Soninha ficava para morrer, mas o Antenor era uma figura, você sabe, deve lembrar bem como ele era. O Lennon não, o Lennon era esquisito, só andava com uns tipos ainda mais esquisitos do que ele, gente mais velha, uns sujeitos que dirigiam os caminhões de areão e bebiam cachaça na mercearia do Monteiro. O vilarejo todo conhecia a fama do Antenor, e pouca gente se atrevia a contrariar ele. O Lennon era metido a valente. Andava com canivete no bolso. Nessa tarde, muito sol, um dia bonito, o Lennon foi até em casa. Estava todo lanhado pelos espinhos da roseira, sujo, humilhado pela surra e pelas risadas do pessoal. Apanhou o punhal dele, voltou para a praça e surpreendeu o Antenor. Covarde, foi na covardia. Pegou o outro desprevenido. Um golpe só. E ainda revirou o aço, fazendo uma circular no peito dele. O sangue esguichou longe, jorrou grande, molhou a camisa toda do Antenor, escorreu pelos cabelos da irmã mais nova dele, que foi tentar apartar. Eu fiquei parado, sem ação, como todo mundo, sem saber se socorria o Antenor ou se caçava o Lennon, que caiu no mundo pelo Morro dos Cavalos. Deve ter ido para casa, a gente pensou. Fomos até lá. Nada. Nisso, chamaram o delegado Mendes. Mas era o filho dele. O filho dele que estava ali, todo ensanguentado, perdendo sangue como água de bica. Botaram o Antenor num carro. Levaram ele para o hospital em Cataguases. O Mendes foi junto. Deu prazo para o Lennon. O Lennon sumiu. Não acharam mais, e o Antenor voltou no caixão".

O Gerson, que naquela tarde de 1979, estava na casa de uma tia, em Goiás, não vira o Antenor morto. Sua lembrança do filho de Eleutério Mendes era a do rapazinho espigado, que fazia gols pelo Morro Velho, nadava no ribeirão dos Lavradios, namorava escondido a Soninha, frequentava os bailes do Clube dos Antunes e dava conselhos sobre a correnteza, as meninas do Rio, o melhor lugar para entrar pelo quintal dos libaneses sem ser notado.

Gerson fechou a pasta com os documentos do inquérito policial e apagou a luminária. Sozinho, na sala escura, acendeu outro cigarro. O Lennon fora preso em São Paulo. Quando chegasse no Rio de Janeiro, teria que dizer isso ao Eleutério Mendes.

CAPITÃO PRETO

Não se sabe ao certo desde quando o Pedrioto subia nas árvores para ficar colhendo o alheio das intimidades. Escondido entre folhas, ficava sabendo de tudo às fatias. Bom de ouvido, nenhum namoro clandestino, arranjo de vingança ou ruína financeira que fosse comentado junto aos troncos, ou mesmo no alcance dos galhos, lhe escapava. Era versado em levar, trazer e, por que não, em inventar, fazendo destas uma só e quase exclusiva mania. O quase entra aqui pela razão de o Pedrioto apreciar cemitérios.

Para alguma mais séria valência, não contassem com ele. O Pedrioto era noturno. De seus dias, pouco se registrava. Entocado num incerto difuso, foi preciso arranjar para as manhãs e tardes dele, durante um tempo, umas tramas de fantasia, dando por certo arrimo e sustento de bocas. Nada que se confirmasse com prova. Dele se dizia que não esquentava lugar. Não tomava assento nem mesmo no dominó das duas, que reunia os desocupados na Praça da Saudade. O Pedrioto, desse modo, sempre fora uma severa incógnita do destino. Toda vez que queriam dizer mais dele, resumiam: o Pedrioto perambulava.

Vigoravam em Vista Alegre o tempo e a lei do Capitão Preto. Montado na primeira vespa da qual teve notícia o vilarejo, o polícia varria de uma ponta à outra as duas ruas. Na de cima, com o motor em segunda marcha. Na de baixo, deslizava de terceira, orgulhoso da ordem sob seu comando.

Aqui, um parágrafo breve de explicação, a bem da honestidade. O Capitão Preto era cabo por patente. Porém, em terra esquecida por Deus, vestir-se de preto aparentava, mais distinto, o demônio, cuja circulação não se restringia. Também os arredores sem luz elétrica e água encanada entravam no roteiro da sua vigilância. O homem punha o capacete, lustrava a lataria da vespa, bombava os pneus, ajeitava os retrovisores e dava voltas compridas, reforçando sua fama. O bigode, lustroso, farto e aparado, conferia uns ares muito superiores. Ficou capitão, por alcunha de merecimento. As jaquetas de couro negro compuseram o restante.

Pela disposição dos protagonismos, presume-se o preparo de duelo. E não incorrerá em engano quem assim proceder, decidindo por acompanhá-lo. É que o Capitão Preto suspeitava de um sinistro qualquer, oculto no jeito de Pedrioto. Mas faltava elencar um motivo para o agravo da peleja. E, sobre esse particular, não se pode dizer que foi por coisa grande. Desentenderam-se assim. Um por suspeita, e o outro por pura antipatia.

Ocorre que, apesar das manias, não se dizia de Pedrioto um grão de discórdia. Não parecia talhado em apetites para os embates. O seu leva-e-traz, fazia-o com pelica, sem alterar muito o humor dos ofendidos. Só não dava para sangue de barata, falavam. Seus brios, mantinha-os no mesmo intacto, conservado sob o poder das esquivas. Conversava sibilino, sem nem querer arrolar nome feio na sua prosa miúda.

Mas, no entretanto das conversas, soube que o Capitão o desrespeitava, alegando não faltar motivo para prendê-lo, quando bem achasse de acordo. Só não o fazia, segundo as fontes, porque o Pedrioto era "doente". O salvo-conduto arrolado pelo polícia teve a ação de tirar o outro do prumo.

A partir daqui, valho-me de fontes. Dizem que o Pedrioto se armou de faca para quando fosse a hora da ronda comprida. Aguardou, no submisso de um muro de hera. Não funcionou. Ruminou raiva, desgosto furibundo, mas nada da ocasião colidir com a vontade.

O Capitão Preto teve notícia dos planos de Pedrioto. De primeiro, ainda conforme as fontes, riu, exibindo a ponta do seu dente de ouro. Depois, considerou desaforo que o outro propagasse uma valentia dirigida à sua autoridade e também fez intento de ir dar de testa com o desafeto.

Vista Alegre, na altura, combinava tomar partido. Discutia-se à larga as razões de ambos os lados, e ponderavam que o melhor seria se a coisa tomasse logo vulto de briga.

Fosse ainda um pouco mais leviano, especularia sobre o espírito de ambos. Porém, dou contentamento à curiosidade recolhendo impressões. E isso é tudo. Por mais que me tente a ideia, a de adentrar pelo rincão do cérebro de um e de outro, prefiro guardar distância. Não conheci o Pedrioto e, muito menos, o Capitão Preto. Sei deles de ouvido, o que, convenhamos, não garante a idoneidade daquilo que aqui vai contado. Por essas razões, talvez, não tenha perseguido essa história tanto quanto ela faz jus ao interesse.

Contudo, numa noite fria e de muita chuva, ocasião em que ficamos ambos retidos no Ponto de Prosa, o Jorginho Figo, servindo-se da minha fama de fabulador, aproveitou para me apresentar uma versão mais rica e mais fidedigna do ocorrido.

O Jorginho Figo, para quem não o conheceu, foi um grande contador de histórias. Sabia levantar pausas precisas, quando a ação tomava corpo, e o interesse pelo desfecho crescia. Notava as reações do interlocutor e, a depender delas, floreava ou enxugava a trama. A vantagem dos seus quase dois metros de altura era poder olhar de cima qualquer pendenga, menor ou maior, não importava, sabendo distinguir os lances que valiam mais umas cervejas.

Foi ele quem me contou que o Pedrioto andava agastado e pálido, com umas sombras embaixo dos olhos. Suas andanças pelas árvores diminuíram. Grudado ao portão do cemitério, quase não se viam mais as suas bochechas, outrora coradas, de tão atiradas às duas covas nas quais se transformaram. Como não saía mais de perto dos mortos, pode ser que o Pedrioto maquinasse ao longo das noites e, por isso, tivesse esquecido de dormir e de comer. Mas isso o Figo não soube confirmar. Pode ser que o rapaz estivesse apenas um tanto arrependido de haver arrotado vingança contra o Capitão Preto. Este, a julgar pelo relato, manteve inalterada a rotina, acrescentando um cuidado a mais com o brilho dos cabelos, pintados de preto graúna, no qual não despontava sequer um único fio nevado.

O Figo falou que, ao sumiço do Pedrioto, porém, seguiu-se o reaparecimento do Bené Pelanca, um foragido da justiça, retornado do norte de Minas. Ninguém mais lembrava, mas o Pelanca passara por Vista Alegre uma ocasião, deixando cicatriz de faca em dois sujeitos da Roda D'Água. Na Estiva, ele partira o maxilar de um carroceiro e, na Pandareco, deixara pelo menos um morto a tiro.

O Pelanca estava instalado no cemitério há duas noites, dormindo entre as catacumbas, que era onde o Pedrioto deveria estar.

Avisado da presença do foragido no campo santo, o Capitão Preto foi averiguar, repetindo o ritual de descer da vespa — as botas pretas e lustradas, na altura dos joelhos —, tirar as luvas, os óculos escuros, depor o capacete no guidão e, só então, baixar o descanso. De acordo com o Figo, ele ainda olhava para trás, conferindo se a vespa tomara posição diagonal, com a roda inclinada, do mesmo jeito como os modelos do veículo apareciam nos anúncios.

— Boa tarde! — teria dito o polícia.

— Tarde!

— Tem parente enterrado? — teria perguntado o Capitão Preto.

— Tenho não, senhor!

— Pagando promessa?

— Promessa não, senhor.

— Então circula, que cemitério não é praça! — essa teria sido a frase dita pelo polícia.

— Circulo não, senhor.

A resposta teria desarmado o Capitão Preto. Acostumado a não precisar falar para ser ouvido e entendido, diante da atitude do Pelanca, precisava mostrar a que viera.

— Esse cemitério não aceita enterrar pilantra.

— Aceita, não!

— Dizem que aqui tem major, tenente, coronel, cabo e até soldado enterrado, mas pilantra não tem, não.

— Tá faltando um capitão.

Os dois sacaram, e o Pelanca deu um pinote para trás, alcançando um túmulo mais alto. O Capitão Preto, um tanto desacostumado de combates intensos, foi se abrigar atrás do muro da entrada. Percebendo que o alvo lhe escapava da mira, ofegante, deu alguns passos para colar as costas à parede de um mausoléu. A porta se abriu e, do imponente sepulcro, todo em mármore, com placa de bronze na entrada, saiu o Pedrioto, portando uma garrucha.

E, só então, o Capitão Preto se deu conta de que fora atraído para uma emboscada.

CONHEÇA OUTROS LIVROS

CONSTRUÍDO COM DESTREZA POR UM ESCRITOR QUE DOMINA A ARTE DE NARRAR, VINÍCIUS FERREIRA NOS OFERECE UM ROMANCE QUE DEMONSTRA, À PERFEIÇÃO, QUE OS MALES QUE CORROEM A SOCIEDADE CONTEMPORÂNEA TÊM RAÍZES BEM MAIS PROFUNDAS, E SINISTRAS, QUE IMAGINAMOS.

Após um longo tempo afastado da polícia por recomendação psiquiátrica, o detetive Félix Oliveira inicia um diário como suporte terapêutico. Em sua volta à ativa é encarregado de encerrar um caso antigo – serviço que lhe dão apenas para distrair o tempo. Só que as coisas saem do controle e Oliveira se vê diante de uma trama que envolve corrupção, assassinato e mandonismo no interior de Minas Gerais, cujas raízes remontam à época da ditadura militar.

DEZ CENTÍMETROS NÃO É DISTÂNCIA QUE SE PERCORRA CONSCIENTEMENTE.

Um passo é bem mais do que isso. Um salto, um sopro. Uma acomodação. Uma fração ínfima de tempo e energia. Quantas décadas estão contidas em uma fina camada de poeira? Quantos mundos entre o nariz de um homem e o faro de um cão? Quantas possibilidades em um segundo a mais debaixo d'água? Os contos de Dez centímetros acima do chão nascem de gestos curtos, detalhes mínimos, acontecimentos banais. O não dito é a tônica dos relatos de Flavio Cafiero.

Todas as imagens são meramente ilustrativas.

Este livro foi impresso nas oficinas gráficas da Editora Vozes Ltda.,
Rua Frei Luís, 100 – Petrópolis, RJ.